CATALOGUE

DES

TABLEAUX MODERNES

AQUARELLES

Par :

BEAUQUESNE, BENLLURIO, CHINTREUIL, CORMON, ESTEBAN, GUERRERO, JARDINEZ, LAZERGES, MIRALLÈS, PALMAROLI, PENA, RIBERA, SALA, SAINZ, SCHOMMER, SOROLLA Y BASTIDO, VILLEGAS, ETC.

Composant la Collection de Madame S. O...

ET DONT LA VENTE AURA LIEU A PARIS

HOTEL DROUOT, SALLE N° 1

LE VENDREDI 29 MARS 1912

à deux heures et demie

COMMISSAIRE-PRISEUR

Me HENRI BAUDOIN, *Successeur de M. PAUL CHEVALLIER*

10, rue de la Grange-Batelière

ASSISTÉ DE

M. GEORGES SORTAIS, PEINTRE

EXPERT PRÈS LE TRIBUNAL CIVIL, 11, rue Scribe, PARIS

EXPOSITION PUBLIQUE

Le Jeudi 28 Mars 1912, de 1 h. 1/2 à 6 heures

CONDITIONS DE LA VENTE

Elle sera faite au comptant.

Les adjudicataires paieront *dix pour cent* en sus des enchères.

L'exposition mettant le public à même de se rendre compte de l'état et de la nature des objets, aucune réclamation ne sera admise une fois l'adjudication prononcée.

Paris. — Imp de l'Art, Ch. Berger, 41, rue de la Victoire

DÉSIGNATION

ABADIE (Martinez)

1 — *Le Raz de marée.*

Toile. Haut., 56 cent.; larg., 83 cent.

ABADIE (Martinez)

2 — *Rochers avançant sur une mer bleue.*

Toile. Haut., 56 cent.; larg., 83 cent.

AGRASOT

3 — *Tunisienne.*

Bois. Haut., 26 cent.; larg., 19 cent.

4 — *Espagnole.*

Bois. Haut., 20 cent.; larg., 15 cent.

BEAUQUESNE

5 — *Officier en reconnaissance.*

Toile. Haut., 34 cent.; larg., 28 cent.

BENLLURIO

6 — *La Mort du taureau.*

Aquarelle. Haut., 37 cent.; larg., 43 cent.

BENLLURIO

(DEUX PENDANTS)

7 — *La Chute du picador.*

8 — *Le Matador.*

Aquarelles. Haut., 47 cent.; larg., 32 cent.

BENLLURIO

9 — *Cavalier marocain en tenue de guerre.*

Aquarelle. Haut., 1 mètre; larg., 67 cent.

BIBIENA (École de)

(DEUX PENDANTS)

10 — *Personnages au milieu d'un palais en ruine.*

Toile. Haut., 75 cent.; larg., 1 mètre.

CHINTREUIL

11 — *Marine ; effet de soleil.*

Toile. Haut., 70 cent.; larg., 82 cent.

CORMON

12 — *Baigneuses.*

Toile. Haut., 41 cent.; larg., 26 cent.

N° 65

COROLERO

13 — *Orée d'un bois.*

Toile. Haut., 54 cent.; larg., 98 cent.

COROLERO

14 — *Bords de rivière près d'un village.*

Toile. Haut., 49 cent.; larg., 98 cent.

DOMINGO-MUNOZ

15 — *Dragon de l'Empire.*

— *Hussard de l'Empire.*

Bois. Haut., 23 cent.; larg., 15 cent.

DREUX (Genre de DE)

16 — *Cheval au paddock.*

Bois. Haut., 18 cent.; larg., 23 cent.

DIAZ (Genre de)

17 — *Entrée d'un bois.*

Bois. Haut., 14 cent.; larg., 21 cent.

ÉCOLE ESPAGNOLE (XVIIIe siècle)

18 — *Jésus guérissant un aveugle.*

Pendant du suivant.

Toile. Haut., 1 m. 22 cent.; larg., 1 m. 71 cent.

ÉCOLE ESPAGNOLE (XVIIIe siècle)

19 — *La Samaritaine.*

Pendant du précédent.

Toile. Haut., 1 m. 22 cent ; larg., 1 m. 71 cent.

ÉCOLE ESPAGNOLE

20 — *Buste de moine.*

Toile. Haut., 54 cent.; larg., 37 cent.

ÉCOLE ESPAGNOLE

21 — *Cathédrale de Séville.*

Toile. Haut., 98 cent.; larg., 80 cent.

ERESPO

22 — *La Confession.*

Bois. Haut., 45 cent.; larg., 30 cent.

ESPINA

23 — *Chaumières dans les dunes.*

Pendant du suivant.

Toile. Haut., 53 cent.; larg., 99 cent.

ESPINA

24 — *Bouleaux dans une prairie inondée.*

Pendant du précédent.

Toile. Haut., 53 cent.: larg., 99 cent.

ESTEBAN

25 — *Portrait de Jeune Femme en costume Louis XV, assise sur un banc de pierre, dans un paysage.*

Toile. Haut., 56 cent.; larg., 44 cent.

GUERRERO

26 — *Intérieur d'un Palais.*

Bois. Haut. 19 cent.; larg., 12 cent.

GUERRERO

27 — *Rue de village en Espagne.*

Bois. Haut., 20 cent.; larg., 10 cent.

JARDINEZ

28 — *Balustrade ornée de fleurs, et portail d'église au milieu d'un paysage.*

Bois. Haut., 43 cent.; larg., 36 cent.

JARDINEZ

29 — *Effet de soleil sur une chaumière.*

Pendant du suivant.

Bois. Haut., 45 cent., larg., 26 cent.

JARDINEZ

30 — *Vue panoramique d'un Village.*

Pendant du précédent.

Bois. Haut., 45 cent.; larg., 26 cent.

JARDINEZ

31 — *Vue d'une Église au milieu d'un paysage.*

Bois. Haut., 36 cent.; larg., 23 cent.

JARDINEZ

32 — *Femmes espagnoles dans une clairière près d'un château.*

Bois. Haut., 36 cent.; larg., 23 cent.

INCONNU

33 — *La Marchande de poissons.*

Toile. Haut., 1 m. 23 cent.; larg., 1 mètre.

INCONNU

34 — *Le Poète tragique.*

Toile. Haut., 88 cent.; larg., 1 m. 12 cent.

INCONNU

35 — *Les Vendanges.*

Bois. Haut., 35 cent.; larg., 24 cent.

N° 67

LARGILLIERRE (Genre de)

36 — *Portrait de Jeune Femme en buste, vêtue de bleu.*

Toile. Haut., 78 cent.; larg., 62 cent.

LAZERGES

37 — *La Caravane.*

Toile. Haut., 50 cent.; larg., 58 cent.

LIZCANO

(DEUX PENDANTS)

38 — *Fête espagnole.*

39 — *L'Accident.*

Toile. Haut., 68 cent.; larg., 1 m. 30 cent

MIRALLÉS

40 — *Cavaliers.*

Bois. Haut., 17 cent.; larg., 21 cent

MIRANDA

41 — *Attaque de contrebandiers.*

Toile. Haut., 45 cent.; larg., 57 cent.

PALMAROLI

42 — *Jeune Mère près du berceau de son enfant.*

Bois. Haut., 32 cent.; larg., 23 cent.

PENA

43 — *Sous bois, effet d'automne.*

Pastel. Haut., 34 cent.; larg., 48 cent.

PENA

44 — *Gros arbres sur la route de Madrid.*

Pastel. Haut., 34 cent.; larg., 48 cent.

PLA (Cécilio)

45 — *Le Billet doux.*

Toile. Haut., 46 cent.; larg. 36 cent.

RIBERA (Roman)

46 — *Brindis en Familia.*

Toile. Haut., 76 cent.; larg., 44 cent.

ROSSERT

47 — *Pêcheuses à marée basse.*

Bois. Haut., 23 cent.; larg., 32 cent.

SALA (Emilio)

48 — *L'Improvisateur.*

Aquarelle. Haut., 19 cent.; larg., 11 cent.

N° 68

SALA (Emilio)

49 — *Jeune Femme accompagnée d'un chien danois montant les marches d'un perron.*

Toile. Haut., 52 cent.; larg., 38 cent.

SALA (Emilio)

50 — *Le Chagrin de Pierrette.*

Toile. Haut., 76 cent.; larg., 52 cent.

SALA (Emilio)

51 — *Le Printemps.*

Toile. Haut., 98 cent.; larg., 57 cent.

SALA (Emilio)

52 — *Une Ferme en Andalousie.*

Toile. Haut., 46 cent.; larg., 79 cent.

SAINZ

53-54 — *Palmiers. — Tronc d'arbre.*

Deux pendants.

Bois. Haut., 15 cent.; larg., 10 cent.

SAINZ

55 — *Sous bois.*

Bois. Haut., 15 cent.; larg., 22 cent.

SAINZ

56 — *Le Printemps.*

Toile. Haut., 37 cent.; larg., 58 cent.

SAINZ

57 — *Paysage montagneux avec rivière.*

Toile. Haut., 52 cent.; larg., 35 cent.

SAINZ

58 — *Chaumières au bord d'un marais.*

Bois Haut., 10 cent.; larg., 18 cent

SAINZ

59 — *Bord de rivière dans un pays montagneux.*

Toile. Haut., 52 cent.; larg., 35 cent.

SAINZ

60 — *Allée d'un parc; effet de soleil.*

Toile. Haut., 57 cent.; larg., 87 cent.

SAINZ

61 — *Torrent près de Saint-Sébastien.*

Bois. Haut., 53 cent.; larg., 33 cent.

N° 69

SAINZ

62 — *Vue panoramique.*

Bois. Haut., 13 cent.; larg., 22 cent.

SANCHEZ BLANCO

63 — *Méditation.*

Toile. Haut., 88 cent.; larg., 1 m. 12 cent.

SCHOMMER

64 — *Conversation galante.*

Bois. Haut., 44 cent.; larg., 35 cent.

SOROLLA Y BASTIDO

65 — *Le Guitariste espagnol; effet de soleil.*

Toile. Haut., 62 cent.; larg., 43 cent.

SOROLLA Y BASTIDO

66 — *Le Verger; effet de soleil.*

Toile. Haut., 48 cent., larg., 67 cent.

SOROLLA Y BASTIDO

67 — *Bœufs attelés à un bateau de pêche à la voile déployée, sur la plage près Biarritz.*

Toile. Haut., 82 cent.; larg., 1 m. 09 cent.

SOROLLA Y BASTIDO

68 — *Après le bain.*

Toile. Haut., 1 m. 30 cent.; larg., 1 m. 90 cent.

SOROLLA Y BASTIDO

69 — *La Pêcheuse rose.*

Toile. Haut., 82 cent.; larg., 1 m. 07 cent.

TINTE

70 — *Le Remorqueur par la tempête.*

Toile. Haut., 60 cent.; larg., 1 m. 09 cent.

TINTE

71 — *Le Départ pour la pêche.*

Toile. Haut., 60 cent.; larg., 1 m. 09 cent.

VASQUEZ

72 — *Vendeuse d'oranges ; effet de soleil.*

Toile. Haut., 79 cent.; larg., 52 cent.

VILAR (J.)

73 — *Ferme près d'une mare.*

Pendant du suivant.

Toile. Haut., 46 cent.; larg., 88 cent.

№ 75

VILAR (J.)

74 — *Vaches dans un paysage près d'une rivière.*

Pendant du précédent.

Toile. Haut., 46 cent.; larg., 88 cent.

VILLEGAS

75 — *Le Fumeur d'opium.*

Toile. Haut., 1 m. 60 cent.; larg., 85 cent.

VILLODAS (R.)

76 — *Saint François d'Assise étendu dans son cachot.*

Cuivre. Haut., 17 cent.; larg., 32 cent.

YZGUERDO

77 — *Petits Enfants espagnols jouant à la porte d'une ferme.*

Toile. Haut., 34 cent.; larg., 44 cent.

YZGUERDO

78 — *Petites Filles à la fontaine.*

Toile. Haut., 38 cent.; larg., 30 cent.

YZGUERDO

79-80 — *Petite Fille espagnole.* — *Petit Garçon espagnol.*

Deux pendants.

Toiles. Haut., 36 cent.; larg., 30 cent.

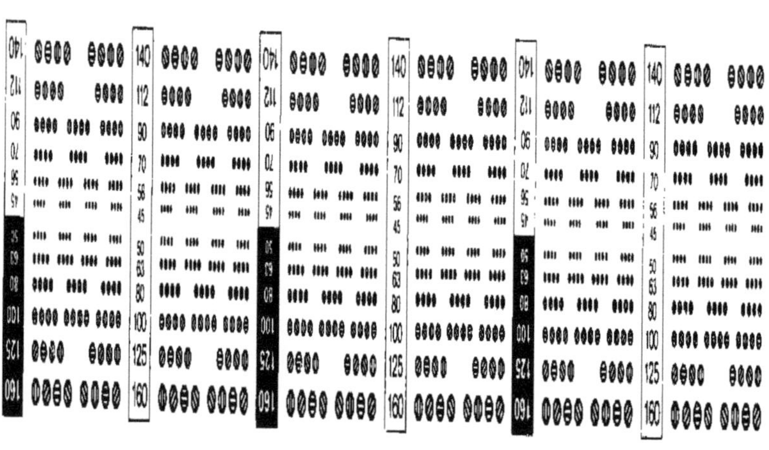

MIRE ISO N° 1
NF Z 43-007
AFNOR
Cedex 7 - 92080 PARIS-LA-DÉFENSE

www.ingramcontent.com/pod-product-compliance
Ingram Content Group UK Ltd.
Pitfield, Milton Keynes, MK11 3LW, UK
UKHW021031260726
13994UKWH00005B/2079

9 782329 333595